JN119740

やわらかく、考える。

外山滋比古

PHP文庫

○本表紙図柄＝ロゼッタ・ストーン（大英博物館蔵）
○本表紙デザイン＋紋章＝上田晃郷

はじめに

かつて囲碁の世界で勝負師の異名をとったある棋士が、試合に勝つにはどういう気持ちでのぞんだらよいのか、ときかれた。その答えのことばを、ずいぶん前のことになるが、今もって忘れない。

その人は言った。腹を立てていたりするのは論外。落ちこんだり、悲しい気分もよろしくない。かといって得意になったり、喜んだりするのもまずい。なにがなんでも勝ってやろうと熱くなったりしては、頭が思うようにはたらいてくれない。

それでは、どういうのがよいのか。

その人によると、心たのしむ状態が最高となる。

喜ぶのはいけないが、楽しむのはよい、というのが微妙である。

普通、大勝負であればあるほど緊張して固くなる。のびのびするだけでも難しい。ましてたのしい気分になるなどというのは思いもよらない。

しかし、それが勝つためのもっとも大きな条件であることを、この棋士は長い間の経験を通して確信するようになったのであろう。

勝負にかぎらず、なんとしても成功したい、しなくてはいけないと思ってことに立ち向かうと、やっかいなことがおこる。

正面の目標とは別に、心のどこかに姿なき敵をかかえこむことが多いのである。ひとはそれをプレッシャーといったりする。

本人は気づかないことが多いが、これを退散させないと、うまくいくことも失敗してしまう。

頭を使うときにも、このおそろしい、目に見えない敵をつくらないようにしたいものだが、もしできてしまったら、どうするか。

急に頭をよくすることはできなくても、頭にうまくはたらいてもらうコンディションづくりならできない話ではない。

具体的にどうすればよいのか、ということを、私はいろいろな角度から考え、エッセイなどにつづってきた。

本書は、これまでの著作の中から「柔軟にものごとを見るヒント」となるような箇所を抜粋して、一冊の本にまとめたものである。

利用するところの選定は、拙著『こうやって、考える。』のときと同じように、ＰＨＰ研究所の出版部にお願いした。筆者である自分よりも、それこそ「やわらかく考える」ことができると思ったからだ。

日ごろしていることをほんのすこし変えるだけで、ずいぶん変わってくる。新しいことのように見えても、その実、昔から言われてきた知恵と同じだったりする。

こういうヒントが、読者のみなさんに、いくらかでも参考になれば幸いである。

二〇一九年七月

外山滋比古

やわらかく、考える。

目次

第一章 余裕のあるアタマをつくる

第二章 常識から自由になる

第三章

わからないことは放っておけ

第四章　ひらめきを生む習慣

第五章　日本語をしなやかに使う

第六章　アウトプットもやわらかく

第七章

自由自在に生きるコツ

第一章

余裕のあるアタマをつくる

Think flexibly

001

頭の中のよぶんなものを捨てる

勉強すると、頭は悪くなる。知れば知るほど、バカになる。頭の中に、いくらよけいなゴミをつめこんでも、頭がよくなるわけがない。頭をよくしたければ、逆に、頭の中に入っているよぶんなものを捨ててしまうことだ。

『思考力』

002

記録したら、すぐ忘れる

むやみと記録し、たちまち忘却のなかへ棄《す》てさる。記録にとらわれない。去るものは追わずに忘れてしまう。そういう人間の頭はいつも白紙のように、きれいで、こだわりがない。

『日本語の論理』

頭の中の空地は新しいものを建てやすい

日本人は無常という仏教観が好きだが、頭の中にも、無常の風が吹いていて、しっかりした体系の構築を妨げている。

しかし、へたに建物が立っていない空地だから、新しいものを建てるのに便利である、とも言えるのである。

『日本語の論理』

004

いやなことは、すぐ忘れる

とにかく悪いことは、なるべく、すぐに忘れることである。それには、新しいことを夢中ですることだ。

人がどう思うか、そんなことは問題ではない。自分がいつまでも失敗にこだわっているのは愚かである。

いやなことは、すぐ忘れる。これもひとつの才能である。

ものを覚え、忘れないのは、常識的には優秀な人の特性であるが、そのためにせっかくの才能の出番をなくしていることを、知らない人が多い。

『傷のあるリンゴ』

005

童心にかえり、自由に発想してみる

ひと口に思考といいますが、何かについて考える、とか、何々を考えるといった場合の思考は目的思考というべきものです。

それに対して、課題や問題にしばられることなく、まったく自由に頭を働かせるのが自由思考で、ときに発明、発見をもたらすことがあります。

子供の発想がしばしば天才的であるのは、子供の頭が、知識でいっぱいになっていなくて、自由思考に適しているからでしょう。

『考えるとはどういうことか』

006

ふえすぎた知識は、ゴミ出しする

不用意に知識をふやしていけば、知識メタボリック症候群の症状を呈するおそれもあります。これまでの知識万能思想はそのことを故意に見落としていたのです。

ふえすぎた知識は捨てなくてはならない。知識はゴミではないが、ありすぎて、あふれるようになればゴミと同然です。ゴミ出しが必要で、惜しいなどとはいっていられません。

『考えるとはどういうことか』

007

頭は元々、ガラクタだらけ

勉強をしなくても、ただでさえ、頭の中には雑多なものが無差別につめこまれている。

本から入ってくる知識などほんのわずかで、まわりの人の話、見た景色、あるいはテレビやラジオ、携帯電話やインターネットからの情報など、あまり役に立たないものが、これでもかというくらいに、ためこまれている。

『思考力』

008

単なる記憶は役に立たない

記憶と忘却は仲が悪い。記憶をありがたがる人たちは当然のように忘却を悪いものときめてしまう。

記憶はもともとそんなに頭がよくないから、忘却に助けられない記憶はあまり役に立たないことを、ずっと見落としてきた。

記憶の巨人、コンピューターが出現して、ようやく、機械的記憶はそれほど大したものではないことがうすうすわかってきた。

コンピューターは記憶では千人力を発揮するが、ものごとを判断したり、選択的忘却をすること、考えることはできないのである。

『人間的』

009

知っただけで満足しない

記憶は知識をふやすが、知識そのものは新しいものを生み出さない。もの知りは知識をもっているだけで満足する。新しいものを生み出すのは、忘却によって洗い、流され、削られ、加工されたもののみである。それが創造する。

『人間的』

010

記憶は秀才を育てるが、忘却は天才を生む

西脇（順三郎）先生が、

宝石箱をひっくり返したような朝

といった詩をつくりだされたのは、よけいなことは忘れて頭の中がきれいさっぱり片づいていて、思いもかけないものが、自由に飛び交い、新しく結合して詩の世界を創出できたからだ。

記憶のつまった頭ではとても望めない。そんなところから、記憶は秀才を育てるが、忘却は天才を生む可能性を秘めているというドグマをつくり、いくらかそれを信奉するようになった。

『人間的』

忙しくても、昼寝する

「田舎の学問より京の昼寝」という昔のことわざがある。地方で大車輪、一刻を惜しんで学問に打ち込む人より、都でのんびり昼寝している人の方が、りっぱな学問をすることを言ったものである。

本ばかり読むのが能ではない。忙しくても、昼寝する。そうすれば自然に頭が整理され、よくはたらくようになり、りっぱな成果を収めることができる。

『人間的』

012

机を離れて身体《からだ》を動かす

身体を動かさず、机にしがみついて、勉強と称して知識の蓄積ばかりに腐心《ふしん》していれば、どんどん頭のはたらきは弱くなっていく。

『思考力』

013

忘れてもあらわれる記憶は深化する

未知のものごとを一回でわかることはできない。未知のものは謎である。頭に入っても忘れられる。やがて、また同じものがあらわれるがそれでもなおわからない。忘れて消える。

しかし、何度も何度も繰り返しあらわれると、忘れられた記憶がだんだん、中層記憶に達し、やがて、さらに深化して深層メモリーとなって無意識化する。

『忘却の整理学』

014

よく忘れ、よく考える

情報化時代などといって過剰な知識を頭に詰め込めば、頭は困惑します。睡眠では十分に不要な情報を始末できなくて、持ち越すことになり、それが、いずれは知的不活発、思考停止の状態になりかねません。現代のわれわれは大なり小なりこの危険にさらされていることになるように思われます。

よく忘れ、よく考えるのが、これからの頭です。

『考えるとはどういうことか』

第二章

常識から自由になる

Outside the box

015

常識とは思考停止である

母国語は慣用の流れの中を勝手に流れる。意識的に考えることをしないでも自動的に、あるいは反射的に一定の反応を出す。そしてそれが自由な思考のように錯覚される。

いわゆる常識的な考え方と言われるものである。

『日本語の論理』

016

知識という名の色眼鏡

なまじ知識があると、色眼鏡をかけたように、見るものすべてが色に染って見える。

赤い本を読んで赤い眼鏡をかけると、森羅万象《しんらばんしょう》、赤くないものはなくなり、柳も赤い、と断言してはばからなくなる。青い柳を見せられても「ウソの柳」だと言いつのる。小学生ではなく、れっきとした識者がそうだ。

知識人といわれるが、その知識に色がついていることを考えない思想家がわんさといる。お粗末な知識社会が恥ずかしいくらいである。

『人間的』

017

その声は本当に多数派の意見か？

受験の予備校が、今年は○○大学へ何名、△△大学へ何名の合格者があったと広告する。合格者の顔写真をのせる念の入ったことをするところもある。それを見ると、すごいと思う。入りたくなるのである。

しかし、実際には、落ちた人がたくさんいる。ただ、それは伏せられる。落ちた人は自分の力が足りなかったからだと思い、予備校のせいにはしない。

だいたいにおいて、声をあげるのは、どちらかといえば、例外的な人たち、すくなくとも少数派である。それをわきまえないと、間違ったことを信じこむことになる。

『朝採りの思考』

018

近いものほど見えにくい

身近にあるものは、かえって本当のことがわからない。勝手な思い込みで対象をながめているにすぎないことが多い。それどころか、ほとんどそうである。

近ければ近いほどよくわかると決めることは出来ない。遠くから見てわかることが、近いためにかえって見えにくい、というのが人間の認識である。

『第四人称』

遠くのものは美しく見える

遠くの山は美しく青いが、近くで見れば赤土と石ころの禿山《はげやま》であるということがつねにおこっている。人間の認識のスタイルである。
遠くのものが美しいからといって、不用意に接近するのは賢明ではない。

『第四人称』

020

忙しいほうが、よく仕事ができる

仕事が多くなれば、仕事が早くなり、案外時間がある。時間があると思うと、仕事がのろくなり、のんびりするから、時間内に仕上げることができなくなったりする。

『傷のあるリンゴ』

021

「わかったつもり」にならない

文化の発達は、われわれの認識に、比喩の梯子《はしご》を登ることを命じる。そのうちに、大地から遠くはなれたところでのみ、ものを考えて、それが不自然でないように思うようになる。

人々は目に比喩と抽象というメガネをかけて現実を見る。都合のわるい現象は目に入らない。理屈に合うようなものだけが現実であると錯覚する。

『日本語の個性』

022

知識だけで物事を判断しない

生活の中での経験が不足していると、どうしても知識でものを判断しようとする。
明快ではあるけれど、人間の社会はそれでなんでも割りきれるようにはできていない。ときとして、まずいことも生じてくる。

『思考力』

失敗や負けを受けいれよう

かたよった知識によって善と決めつけたものばかりに頼りすぎることなく、悪いものをなにもかも拒絶することなく、もっと自然を認め、失敗や負けも受けいれて、免疫力をつけておかないと、自分でものを考えることのできない大人になってしまう。

『思考力』

024

人の評価はあてにならない

いったん〝よい子〟になると、すこしくらいまずいことがあっても、そんなはずはないと打ち消され、いいことがあると、やはり、となってますます評価があがる。

こうして優等生になった子はいつまでもそうありつづけることはできない。十で神童、十五で才子《さいし》、二十《はたち》すぎればタダの人、と言うが、昔から、こういう思いこみがあったのであろう。

『朝採りの思考』

025

外から眺めるおもしろさ

ものごとは、それをとりまく直接世界と、その外側の隔離された別世界とに分かれる。その内側と外側とではものごとはその意味を変えるのである。

実世界で醜悪なことがその外側の別世界から眺めると、おもしろくなるのである。

『第四人称』

026

名所に見どころなし

観光がさかんになるのはビジネスとしてであって、本来の旅行のたのしみということを忘れがちになる。

こまかいスケジュールがあって、旅先についての予備知識、案内など、手がこんでいればいるだけ、発見の旅から遠ざかることになり、幻滅を覚えても不思議ではない。

百聞は一見にしかず、というが、見ないものの方がへたに見たものよりおもしろいのは多くの場合、本当である。

『第四人称』

027

同じ言葉でも千差万別

ひとつの言葉にひとつの意味が切っても切れないものとして結びついているわけではなく、使う人間の立場や価値観によってニュアンスが変わるのは当然のことです。

『考えるとはどういうことか』

028

新しいものは嫌われる

カニは自分の甲羅に似せて穴を掘る。われわれも自分の好みに合わせたものを選びたがる。選択には保守性がついてまわるということだ。すぐれていても新しいものは嫌忌《けんき》されやすい。天才が故郷に容れられないのもそのためである。

『日本語の感覚』

029

批評家はいつも的外れ

新しいものの本当の価値が認められるようになるには、いくつもの時の関門をくぐり抜けなくてはならないが、同時代批評である書評はその第一関門ということになる。

ところが、いつの時代、どこの国でも、この関守《せきもり》が歴史から見てたいてい失敗をしている。

通してはならぬものをどうぞと通過させる反面、通さなくてはならぬものにいろいろ難癖をつけて通行をはばんだりする。

『日本語の感覚』

030

押してダメなら引いてみよ

敵と張り合っているとき、相手を攻撃するのが常道である。その逆手をとって、相手をホメちぎって、相手に手も足も出させないようにするのは、高等戦術である。シロウトの考えの及ぶところではない。

常識的なのは、敵の欠点、よくないところをやっつけるのであるが、ホメ殺しは、そんな単純な攻撃ではない。相手の非難、攻撃をされた側は対抗して敵意をあらわに反撃する。

ところが、思いもかけず、ホメる攻撃を受けると、反撃の手がない、対抗心も抑えられる。反撃の鉾先《ほこさき》もニブる、ということを狙った心理作戦である。

『老いの整理学』

031

休みすぎは不健康のもと

何もしないで、じっとしていれば、エネルギーの消費は少ない。エネルギーを消費すると、疲労を覚える。これ以上、あまり運動しないようにという黄信号である。

それを危険信号と見て、活動はよくない、何もしないでいるほうが体によい、と早合点する人が多くなって、働くのは辛い、休息は楽、という偏見をいだき、それを偏見だと思わない。

『老いの整理学』

032

流れる水は腐らない

静水は悪化しやすく、動水はいつまでも生きている。大自然の掟《おきて》はおそろしいばかりである。

人間は、もちろん、水ではないが、水よりも複雑な命をもっている。その命の大原則は〝動き〟にある。生きているということは〝動いている〟ことである。あらゆる動きが停止したとき、生き物は、死滅するのである。自然の摂理である。

人間も、生きているのは、動いているからである。動くことをやめれば、活力を失う道理である。

『老いの整理学』

よそいきは大敵

頭も体と同じことで、ふだんの状態がよろしい。よそいきは大敵である。

よそへ行けば、多少とも、よそいき、他人行儀になる。よそいきの頭では日ごろのように、くつろいだ、よい働きをしない。固くこちこちになって、ふだんならなんでもないことが、わからなかったりする。

われわれの頭脳は、自分の部屋で、自分の机に向かったときに、もっとも力を発揮するのである。

『ちょっとした勉強のコツ』

第三章

わからないことは放っておけ

Open-minded

034

謎と疑問は放っておく

謎と疑問をそのままにして生きていると、その中から偶然、その答を暗示する状況があらわれて、問題とヒントが、あたかも、高圧の電流が一から他へ閃光《せんこう》とともに放電するように悟りが成立する。

『読書の方法』

035

わからないからこそ心に刻まれる

ささやかな読書歴をふり返ってみても、本当に影響を受けたと思うのは、たいてい、はじめはよくわからなかった本である。

わかれば安心してすぐ忘れる。

わからぬからいつまでも心にかかって忘れない。反芻《はんすう》しているうちに、だんだん心の深部に達するようになるのである。

『ことばの教養』

あいまいな表現も悪くない

あいまいさは論理と対立するものではなくて、一種の論理であることを承認できるようになるには、社会が言語的にある成熟に達していなくてはならない。

明晰《めいせき》な表現のあらわす論理が単線であるとするならば、あいまいな表現で伝える論理は複線で、また、いたるところで点線状になっていると考えてよい。

『日本語の論理』

037

わかりにくさを嫌わない

もともと言語が人間臭いのはやむを得ないが、わかりやすい文章が奨励されているうちに、あまりにも生活的になってしまった。言葉が経験のわくから出られないのである。

しかも、この生活的言語の弊にわれわれはわりあいに無関心なのではあるまいか。

『日本語の論理』

038

「時の作用」を利用する

即座の理解では、時の働く余地がない。その場でわからぬことは、あれこれ時間をかけて考える。そこで時間が加勢する。一度でわからぬ文章を何度も何度も読み返す。その間に時が作用する。

時間によって、未知である対象も、わかろうとする人間も、ともにすこしずつ変化して、やがて、通じ合うところまで近づくようになるのかもしれない。

『読書の方法』

039

知識は時間をかけて知恵になる

知識というものは、いつも変化しながら、流れている。上辺《うわべ》だけを流れている流水は、ただの流行にすぎない。そのときは、つぎつぎに変化するから興味をひかれるが、いずれはほとんどが消えてしまう。その知識のごく一部が地面にもぐって、長い時間をかけて地下に到達する。地下にいたって水脈となり、それが三十年ぐらいたって、泉となって地上に湧《わ》き出してきたときには、もとの知とはちがうものになっている。

『思考力』

言葉だけが考える道具ではない

思考の言葉は、普通の言葉だけではない。もっと広く解して、およそ体系をもっている記号はすべて言葉と考えるのである。そうしてみると、言語のほかに言葉的なものがいくらも存在することに気づくであろう。

『日本語の論理』

041

みんなでつくと見えるものもある

なんのことかわかりにくいことも、みんなでつついていたら、ぼんやりながらわかってくることがある。知的快感ともいうべきものがある。

A、B、C、の三人が、それぞれちがった解釈をしているとき、Dが、三種のうちどれに同調するか、それとも、別個、新解釈を出すか迷うのも、あとで考えるとおもしろい。

そして、めいめいが、自分の考え方の個性、ないしはクセをもっていることを発見することもあって、自分でもおどろくことがある。

『日本の英語、英文学』

042

想像できる余地を残す

こどもは、色彩のある映画を好むけれども、鑑賞力をもった観客にとって、モノクローム、白黒映画の方が深みがあって、味わいが深いと感じることができる。

テレビは新聞より現実のリアリティに近いけれどもそれだけ浅くなりやすい。

新聞は読むのに想像力、理解力、判断力などをより多く要請する。それだからこそ、音声、映像とは異なる知的興味を満たし得るのである。

『第四人称』

043

立ち聞き、のぞき(的興味)がもたらすもの

立ち聞き、のぞきはいかにも低俗のように考えられるが、当事者たちが夢にも考えない、解釈力、理解力、判断力などの理知の力を総動員してわかったことにしようとしているのである。

わからないことずくめを、なんとかわかったと思うようになるまでもっていくのが人間の知力で、それによって人間は進化してきた。

『第四人称』

044

忙しいときの読書こそ愉しい

読書の愉《たの》しみは、ありあまる時間をもてあまして読む本からではなく、忙しくて忙しくて、することが山ほどあるが、それを放り出して、こっそり、いくらかの罪の意識をもって盗み読む本から、最も鋭く感じられるらしいことはうすうす気がついている。

『ことばの教養』

045

なにげない訪問のすばらしさ

よいからといって、再訪したり、何度も訪れたりしていれば、はじめはおもしろいと思ったものが陳腐になったり、あきるようになるかもしれない。

トラベラーズ・バリューははじめて、なにげなく訪れたところであらわれる。アウトサイダーとしての発見のおもしろさである。

『第四人称』

046

知識と経験がものを言う

新しいことを知る。気安くそう言うけれども、これがなかなか大変である。本当に未知のことは、まずわからないと覚悟した方がよろしい。手がかりになるものがない。

手がかりとは何か。既に知っている事柄である。ことばの理解は、それまでにもっている知識や経験によって成立する、というのはいつも頭にたたんでおくべき点であろう。

『読書の方法』

047

未知の読みと既知の読み

学校の教科書は未知を読む連続である。ちょうど、ロック・クライミングのようで、一歩踏み外すと、転落しかねない。苦しい緊張で息つくひまもない。

既知を読むのは、下り坂で自転車を走らせるように楽である。ペダルなどふまないで、すいすい走る。同じ読みでありながら、こうも違うのである。

『読書の方法』

048

教科書は未知を読むトレーニング本

教育では、いかに苦しくとも、未知を読ませる訓練を避けて通るわけには行かない。そのコースを示す教科書がおもしろいわけがない。学校の生徒は教科書を手にすると心が重くなる。

けわしい山をあえぎあえぎ登って行って頂上をきわめたときには、すばらしい達成感を味わうことができる。その眺望はこの世のものとは思われない。

そこまでの登攀《とうはん》のコースがけわしければけわしいほど、登頂の喜びも大きい。

『読書の方法』

049

ゆっくり目から落ちるウロコもある

何度も読んで、だいたいのことは頭に入った。それから、二、三年して、だんだん、(寺田)寅彦の考え方というものが、わかるようになってきた。

目からウロコの落ちる思い、というけれども、ウロコはポロリと落ちることもあるだろうが、すこしずつ、ずれて、気がついてみたら落ちていた、ということだってある。

寅彦との出会いで、そういう時間のかかる目のさめる思いを経験した。

『読書の方法』

新しい思考こそ未知の世界

未知の世界というのはかならずしも、ものとか、場所とか、知識とかにかかわるとはかぎらない。新しい思考こそ、もっとも多彩な未知の世界ではないか。

『読書の方法』

051

頭の働きのルートを変える外国語学習

外国のある理論物理学者が日本語の勉強をはじめた。実用目的があってのことではなくて、ヨーロッパ語と発想形式の違う言語を学ぶことで新しい思考の展開を期待したからである。

同じことを言うのにも、ちがった形の記号を、ちがった順序に並べるだけで、頭の働きはちがったルートを走り、ちがったところへ達することができる。

『日本語の論理』

完全な理解などあり得ない

外国語は、暗号みたいなもの。その勉強は暗号解読と同じ作業である。辞典は暗号解読書（コードブック）に相当する。

わからないところがあるのは当然のこととして受けとられなくてはならない。完全理解ということはあり得ないと覚悟するのである。

そういう作業を絶えずつづけることによって、次第に暗号の形式、構造に通じ、さらにすすんで、その発信者の意企《いき》するところを察するようになって行く。

『日本語の論理』

053

日本語は「あれもこれも」主義

一元論から見ると多元論が得体の知れないものに見えるのはやむを得ないことかもしれない。

日本語は多元論的文化の中で発達してきたものであるから、一元論的一貫性、対立の原理をはっきりさせない。

「あれかこれか」ではなく「あれもこれも」主義である。


『日本語の論理』

多元論的理解のススメ

一元論は明晰ではあるけれども同一平面の上における問題しか処理することができないのは、矛盾する次元のものをすべて棄ててしまっているからである。

それに対して、多元論では立体的な論理を追求することができる。

一元論の論理では芸術とか生命現象をとらえにくいが、多元論は感情の比較的こまかいヒダにまで入って行くことができる。

『日本語の論理』

055

一直線の道は退屈

多元論においては首尾一貫ということはむしろ退屈な単調さと感じられやすい。

ドライヴ・ウエイが一直線に伸びていたりすると運転者はかえって運転を誤りやすいといわれる。適当な曲線の変化があった方がよい。

『日本語の論理』

056

意外なものを組み合わせる

一見矛盾するものを調和させる多元論にとって、不可欠の方法は「とり合わせ」である。

同種のものや筋のとおったものを集めるのではない――それでは月並みで退屈になる――互いに範疇《はんちゅう》を異にするものを結び合わせて意外のおもしろさを出す。それが「とり合わせ」である。

ぼたんに唐獅子、竹に虎、などはそのとり合わせの感覚によって生れた絵画的世界の例である。

不調和を越えた調和を支える論理に着目したものである。

『日本語の論理』

057

点描画のように表現する

点描画法でポツンポツンと色の点を相互に適当に離しておくのと同じように、鮮やかな言葉と言葉とを、対比的に、しかし、ある程度接近して並べると、それぞれの語が単独にはもち得ない新しい情緒を発する。また、それぞれの語のもっていないある光輝を感じることもできる。用いられているのは自然の非情の事物を指示する語であっても、これが前後の対比的な語と相互に作用し合うと、独得な叙情効果を出すことができる。

『俳句的』

058

わからない面白さを味わう

外国の文学などを少し勉強してみると、わからないからこそ面白いと思えるようになります。平面思考で理解できる日本の小説を読むより、意味のわからない外国の作品を読んだほうが面白く感じられます。それは、第四人称の立場から自分なりの解釈ができるからです。つまり、読む作業を通じて大きな自己表現ができる。そういうことを認めるのが、球面思考です。

『考えるとはどういうことか』

第四章

ひらめきを生む習慣

Inspiration

ウソが入るとおもしろい

インサイダーの表現は正確であるかもしれないが、〝話〟のもっている〝おもしろさ〟に欠けることが多い。

インサイダー、本人のことば、本人の記録より、第三者、アウトサイダーによって加工されたストーリーのほうが〝おもしろい〟。時がたつにつれて、本人のことばは忘れられて、それを伝える第三者、アウトサイダーの表現が残ることになる。

『「マコトよりウソ」の法則』

Inspiration

060

不幸なときは読書のチャンス

本とのつきあいがうまく行くには、読者はいくらか寂しいのがよいようだ。

どこか心に満ち足りないものを感じているときにしみじみとした本との交流が起こる。病床がしばしば実り多き読書の場になるのは偶然ではあるまい。

相当に頑固な人もかすかに不幸なときは心が柔らかくなって他を受け入れやすい。

『ことばの教養』

点をつなげて、線で見る

人間には、点をつなげて線として感じとる能力がだれにもそなわっているのである。したがって、点的論理が了解されるところでは線的論理の窮屈さは野暮なものとして嫌われるようになる。なるべく省略の多い、言いかえると、解釈の余地の大きい表現が含蓄のあるおもしろい言葉として喜ばれる。点を線にするのは一種の言語的創造をともなうからであろう。

『日本語の論理』

Inspiration
062

木を見て森も見る

文学研究においても、細部の考証、吟味ははなはだ精緻であるけれども、どういう方向から見ているのか、というパースペクティヴはかなりあいまいなままにされている。一字一句の正確な理解がすべての基礎であるのはだれも否定しない。
ただ、細部をしっかりとらえるには、全体をどのように見ているかの方法論が、たとえ、表面には出ていなくても、無意識のうちには存在しなくてはならないだろう。

『俳句的』

他人の手を借りる

添削や推敲《すいこう》は表現をより客観的にする加工である。生まれたばかりの作品は生々しいかもしれないが、冷たい風に当ると縮んだり枯れたりしてしまうおそれがある。適当な着物を着せてやらないと表現は長い生命をもつことができない。推敲ではこの加工が添削のようにうまく行かないのは、対象との距離が小さすぎるために、甘くなるからであろう。

『俳句的』

Inspiration
064

退《ひ》いて眺める

無季の句は現在時制である。それで切羽つまった感情をぶっつけるように投げ出すことはできても、より深い感動を表出することは難しい。真のかなしみは、やはり〝退いて眺め〟たときの情緒となってはじめて普遍の相に達しうる。

〝退いて眺める〟距離はとりもなおさず〝静けさの中で回想される〟時間の経過に通じる。

『俳句的』

あてもない旅をする

いつも同じところに住んで、他国を知らないと、見聞がせまくなるのはもちろん、心もかたくなりやすい。
あてもないのに旅をするのは、不自然なことであるが、その非実用性が人間の精神形成に役立つものであることを見のがしてはならない。

『日本語の論理』

Inspiration

066

比べてみると見えてくる

旅行者が未知の土地について、すぐれた観察や発見をすることがすくなくない。旅行者の目が曇っていないからであるが、さらに、旅行者は土地の人とちがって、ほかとの比較ができるからである。

『日本語の論理』

おもしろいことは忘れられない

おもしろいことは、正しいことより、生命力がつよい。
正しいことは、やがて忘れられる。しかも、急速に忘れられる。
対して、おもしろいことは忘れられにくい。忘れられるにしても、
ゆっくり忘れられるから、こちらのほうが歴史の中核になりやすい。

『「マコトよりウソ」の法則』

ムダを目の敵《かたき》にしない

芸術はムダの中から生れるぜいたくな花である。

ムダはいけないものという考えがあるから、とかく道徳とか政治とかが干渉して問題を混乱させる。

ムダが文化であることを、もう一度見なおすべきであろう。


『日本語の個性』

「ウソはいけない」と早まらない

ことばはウソが言えないといけない。ウソなど言えない方がいいにきまっている、と道徳家はいきまくかもしれないが、早まってはいけない。他人に迷惑を及ぼすようなウソが反社会的でよろしくないのはもちろんである。

ただ、ときとして、そういうよくないウソがあるからといって、言語の虚構性そのものまで否定するようなことがあっては大変である。

『読書の方法』

文学作品はウソの結晶

広く人間の文化は、いわば美しいウソである。もうすこし限定して言うならば、文学的フィクションとはまさに、美しいウソそのものである。文芸が古来、くりかえし、社会から反道徳的、反良俗的という非難を受けてきたという歴史は、言語芸術がいわゆる困ったウソと同じ根をもっていることを暗示するように思われる。

『読書の方法』

辞書を読む旅に出る

辞書を読むのには旅の道行きの愉しさがある。思いがけないものが待ち伏せていてびっくりさせられる。

感心したところはその辞書の見返しなどへ記入するという律儀な人もいる。あとで思い出すのには便利だ。旅行して帰ったらおっくうがらずにメモをつけるようなものだが、気楽に忘れたら忘れるにまかせるというのもいいではないか。

旅行好きな人なら辞書を読むのも好きになれるはずである。

『ことばの教養』

072

辞書には宝がいっぱい

辞書は引くものと割り切っている実用派は知らない語ばかりを相手にする。それでは親しみもわかない道理だ。

どんな辞書にも日常よく使われることばが入っていて、こまかい説明がついているけれども、実用派はそんなところを見ることがない。せっかくの宝が眠ったままである。もったいない。

『ことばの教養』

雑談は発見のタネ

親しいもの同士が集まってお茶一杯飲むときの雑談でも本当に頭を働かせた話をすれば、思いがけない着想を得ることができる。科学史や思想史はそういう例をいくつも記録している。発見、発明などは、きっかけを話し言葉にもっていることがすくなくない。雑談が学問思想のために案外、大きな役割を果すのである。

『日本語の感覚』

逆もまた真なり

〝渡る世間に鬼はなし〟も真なら、〝人を見たら泥棒と思え〟というのも、残念ながらやはり真である。

一見いかにも矛盾であるが、一方を立てて他を棄てるようなことがあれば、残った方の正当性も怪しくなってしまう。両方そろってはじめてそれぞれが生きる。

『俳句的』

あえて対象からはなれてみる

夜目、遠目、笠の内というのも不分明な、はなれたものが美、おもしろさを創り出すことをあらわしている。

対象に密着していては、美は生まれない。興味の座標は、対象から隔絶したところにあるということである。認識の皮肉である。

『第四人称』

Inspiration

076

時にはアウトサイダーたれ

アウトサイダーはインサイダーの真似をするのでなく、むしろ、その位置でなくてはできない仕事を発見することにつとめた方が賢明である。

『日本語の論理』

読むことの真の効用

わかることはわかる。わからないことはわからない。これでは読むことはまことにあわれな作業になる。読書が人間形成に不可欠であるのは、知らないことを自分のものにすることができるからではないか。

『読書の方法』

映像的思考と言語的思考

映像と言語の相違をすこし異なった角度から考えると、映像の女性的性格に対して言語の男性的性格ということが言えるであろう。

実際に言語文化、とりわけ活字文化の推進者は男性であり、言語と活字は男性中心文化の痕跡を顕著にとどめているものである。思想とか論理とかは言語によってもっともよく表現されるのである。

映像はこれに対して生活的、感覚的であって、没論理を特色とする。

『日本語の論理』

予期せぬ発見

探し求めているものは見つけられないのに、予期していなかった、思いがけないものを見つける。だれしも、そういう経験はときどきある。ものではなく、頭で考えることでも似たことがおこる。目指していることはなかなか解決しないで苦労しているのに、まったく予想外のことを発見するのである。

『ちょっとした勉強のコツ』

第五章

日本語をしなやかに使う

Japanese

日本語は豆腐のようなもの

（日本語は）切るのは切りやすくできているが、逆に言葉を積み重ねる建築法はあまり発達しなかった。天二物を与えずというわけか。ヨーロッパの言語は切ることが難しいが、そのかわりパラグラフはがっしりした単位で、これを重ねると、いくらでも長い表現が組み立てられる。ちょうど、煉瓦《れんが》のようなものである。

日本語は豆腐のようなものだ。形は似ていても実体はまるで違う。煉瓦はしっかり積んでゆけばどんな大きな建築もできるが、豆腐は三つか四つ重ねたら崩れてしまう。ひとつひとつを独立させるよりしかたがない。

『日本語の個性』

Japanese

081

はっきりせずとも意味は通じる

段落だけではない。ひとつの文でも、語尾はあまりはっきりしない、あるいは、言葉を半分呑み込んで、次へ移る。文頭もまたあまりはっきりしない。

初めも終わりもかなりあいまいな表現になっていて、それでいて何となく意味が通じる。日本語の不思議なレトリックである。そういう修辞がぎりぎりまでゆくと俳句が生れる。

『日本語の個性』

〈アイ・スィンク……〉はてれかくし

外国人と英語の会話をする日本人は、一言目には〈アイ・スィンク……〉とやっている。〈われ考えるに……〉を文字通りにとれば、ずいぶん思索的な民族のように思われるかもしれないが、そうではない。

実は考えているのではなくて、断定をさけて、表現に丸味をもたせる言いまわしの「……と思う」を英訳したまでのことである。一種のてれかくしの措辞《そじ》である。

『日本語の論理』

「考え」ないで、「思う」日本人

われわれ日本人は英語でいう〈アイ・スィンク……〉に相当する心的活動にはむしろ不得手な民族である。「考え」ないで、「思う」人間であると言ってもよい。

『日本語の論理』

出しゃばりは嫌われる

「俺が俺が」と出しゃばる人は、無用の摩擦を起こす存在として煙たがられます。だから言語も、第一人称をあまり重視しないものになったのでしょう。

『考えるとはどういうことか』

伝え方には無関心

われわれほど言葉のことを気にする民族もすくないのではないかと思われる半面、これほど言葉の味わいに鈍感な社会も珍しい。

何を言っているのか、思想には目の色を変えるが、それがどのように表現されているかについての関心ははなはだあいまいである。

つまり、言葉についてスタイル（様式）の感覚がないのだ。


『日本語の感覚』

「言葉」が変われば「論理」も変わる

言語と論理は、きわめて深い関係にあります。言語が違えば論理が変わり、論理が違えば言葉が変わる。これを切り離すことができません。同じ日本でも関東と関西では言葉が違い、したがって論理も異なります。

『考えるとはどういうことか』

087

無理に論理に当てはめない

われわれが論理と考えているものは、ヨーロッパの言語、その文章法が表現するのに適した特殊相の論理にすぎないのではなかろうか。それならば日本語で完全に表現できなくてもむしろ当然である。無理に翻訳しようとすると、日本語でない日本語になってしまい、しかも原文のロジックも乱れてしまう。

『日本語の論理』

考える単位はさまざま

日本人は言語で考えをまとめる場合に、何を単位にしているのであろうか。ただちにこれに答え得るのは容易ではあるまい。たいていの人がはっきりした意識をもっていないからである。

センテンスを単位と感じている人がかなりいると思われるが、語とか句とかを単位だと考えている人もいるにちがいない。

ヨーロッパの人たちが筋道のはっきりした文章を書くときには、ほとんど例外なしにパラグラフを単位にしているのと対照的である。

『日本語の論理』

089

集めるのではなく、うまく散らす

わが国には俳句という独特な様式がある。その俳句には切れ字というものがあって、言葉を切断し、言葉を散らそうとする。集中するのではなく拡散の方法である。

似たことは囲碁にも見られる。下手なものは石を不必要に集めたがるけれども、上手は石をうまく散らす。

日本文化の点的構造を暗示する現象としてよかろう。

『日本語の感覚』

読み手の心に委ねる

芭蕉の有名な句「古池や蛙《かわず》飛び込む水の音」にしても、「古池や」「蛙飛び込む」「水の音」という三つの点から成っていると見ることができるでしょう。

「古池に蛙が飛び込んだら水の音がしました」というセンテンスとは、ベースにある論理が違います。「古池」「蛙」「水の音」がそれぞれひとつの点として世界をもっている。

それを読者が頭の中でつなげたときに、そこに書かれていない意味が生じる仕掛けになっているのです。

『考えるとはどういうことか』

相手に思いをめぐらす

外国語ならば、「のべる」とか「伝える」とか「表現する」といった語であらわすようなところに、日本語は、「におわす」「ほのめかす」「それとなくふれる」といった言葉を多く用いるのも、受け手につよい連想作用が具《そな》わっていることを見越して、あらかじめ表現を抑制して、表現が間接的にやわらかく相手に当るようにとの配慮によるものであろう。

『日本語の論理』

自由に連想する

わが国のようにアイランド・フォーム（島国形式）の文化をもった社会では、ひとつひとつの言葉の連想領域が大きくなっている。同じように単語であっても熟した語には多くの語義や派生語が生じて辞書の記載スペースも大きいのに対して、新しく生れた語とか術語には熟した用法がなく、明確な語義をもつ代りに連想は乏しい。

『日本語の論理』

093

「私」をぼやかす心理

「われ考う、ゆえにわれあり」などと言ってのけられる言語文化は、「私」に照れたり、顔をそむけているような日本人には、よそよそしく縁遠いものに感じられる。

われわれの思想は「われ考う」という大地に根をおろしていない。何とはなしに「われわれ」が考えたり、「かれ」あるいは「かれら」が考えたらしいことに立脚している。

それが客観的と言えるかどうか、などと問うまでもなく、しっかりした個性のないところに客観性の生じるわけもないのである。

『日本語の感覚』

われわれの耳は、ざる耳である

われわれの耳は論理が収斂《しゅうれん》しないようにできているのかもしれない。たいへん整った話を聞いていても、あとでさっぱり印象がまとまらない。そして、ただ全体としての感じとして、おもしろかったとか退屈であったとかを問題にする。いくら水を注いでみても水のたまらない、ざるのような聴覚だ。そしてそのことをわれわれはほとんど意識しないでいる。

ざる耳だが、耳だけ責めては可哀そうである。

『日本語の感覚』

まず耳の教育を

これまでの日本人の頭脳は視覚的言語能力によって発達していたと考えられる。聴覚的言語能力によって磨かれる頭脳、思考力に欠けるところがあったと想像される。欧米人の思考に及ばないところがあるとすれば、原因は聴覚的言語能力の貧しさである。

その耳の教育は学校はできない。家庭は耳の教育ということ自体を知らない。困ったことである。先聞後見《せんもんごけん》ということばがある。まず、耳。そして目。それが無視されているのは由々《ゆゆ》しきことである。

『朝採りの思考』

耳の理解力を大事にする

頭のよさは記憶のよさであるが、その記憶には視覚的記憶と聴覚的記憶がある。これまで日本の教育は、視覚的記憶に偏向していた。耳の理解力が貧弱であっても、優等生になれる。文字、文字、本、本と目の色を変えるが、話は馬耳東風とき流す。

『朝採りの思考』

日本ならではの価値に気づく

世界に見せられる独自の文化のない国は、グローバル化の波にもまれて埋没してしまいます。日本には、曖昧の美学をはじめ、他国には見られない文化がたくさんあります。

それを自信をもって発信するには、まず日本人自身がその価値に気づかなければいけません。

『考えるとはどういうことか』

コンプレックスを言葉のせいにしない

日本語は論理的でないという言い方は、非論理性の責任を全部、言葉におしつけてしまい、それを使っている人間のことは棚上げにしたものである。

日本語が西洋の言語のような論理をもっていないとすれば、日本人がヨーロッパ人とはちがった論理性をもっているからにほかならないのだが、それを検討もしないで日本語は非論理的であるときめてかかるのは早計と言うべきであろう。

『日本語の論理』

義理人情で考える

（日本人の）思考の展開は人生論的であり、情緒的になるのは自然で、考える主体の感情が思考形式、内容にも乗り移る。

思考のくりひろげられる基盤は硬質のものではなくて、いわば海綿状のものであると想像される。そういう基盤の上に思考が置かれると、たちまち広範囲ににじみができて拡散する。

それが情緒、共鳴、感銘、感動などと自覚されるのだが、こういうのを感情移入的思考と呼ぶことができよう。日本人のものの考え方の特色である。

『日本語の論理』

独白、詠嘆で思いを投げ出す

対話によって思考を展開するのではなくて、独白、あるいは詠嘆によって、最終的な形の思考を、投げ出すように表現するのが日本的発想である。

『日本語の論理』

小イキな表現はお手のもの

(日本人の発想は)アフォリズム的表現には適しているが、構造の強固な思考を展開させて行く伸展性に欠ける。また思考のユニットとユニットを結合させる粘着性にも乏しい。

大思想は生れにくいが、小イキな表現は発達する。

煉瓦は積み上げれば、いくらでも大建築をつくることができるが、箱庭にころがっている小石を集めても大きな建造物はつくることはできない。

『日本語の論理』

繊細さゆえの怖さもある

日本人は言語を使用しながら、ともすれば、伝達拒否の姿勢をとりやすい。他人のちょっとした言葉にも傷つく繊細さをもっていることもあって、自分の殻にとじこもって内攻する。

発散しない表現のエネルギーは鬱積して「腹ふくるるわざ」になるが、いよいよもって抑えられなくなると、爆発するのである。

『日本語の論理』

言葉の流れをあえて切る

俳句に切れ字という措辞がある。言葉の流れを突如として切る。そこに見える表現の横断面の美しさに注目する手法である。日本語はこういう断切の修辞にはすぐれている。パラグラフを突如として終わって、新しいパラグラフへ移るのも、切れ字的であると言うことができる。

『日本語の個性』

言葉で間合いをはかる

女性のほうが言葉が柔らかい。それだけ言語による心理的距離の調整も微妙であるが、男でもそれに無関心であるわけでは決してない。日本語全体がこの点では女性的なのである。

何を言うかではなくて、この人との間柄はこれくらいの間合いでよいかどうかということに関心が向けられ、雰囲気、情緒が重視される。

これを言語的洗練が進んでいると見ることもできるであろうし、よく言われるように、論理に弱いと見ることもできよう。

『日本語の個性』

Japanese

105

自分と相手の思考様式を知る

相手がどういう形式でものを考え、表現するかがわからず、こちらがどういう形式と思考の様式をもっているかもわからずに会話の練習などだけしているのは滑稽である。

『日本語の論理』

人間的感情から距離を取る

わが国の思考の様式においても、従来の感情移入型から、他方の抽象型への移行を考えてよい。

人間モデルから離れた純粋思考ができるようにするのである。

人間をモデルに考えているかぎり、いわゆる論理性は生れない。

『日本語の論理』

第六章

アウトプットもやわらかく

Output

曖昧な文章のほうが面白い

起伏のある表現で読者の興味を惹《ひ》きつけるには、いくらか論理が飛躍したとしても、飛躍の空白を作ったほうがいいのです。

耳に心地よい言葉を並べた美文調の名文は、実のところ、むしろ平面的で浅いものになり、陳腐となりかねません。

読者が「おや？」と引っかかりを感じる曖昧な文章のほうが、多元的な刺激があって面白いと感じるものです。

そういう散文は、芸術性の点で詩と変わるところがありません。

『考えるとはどういうことか』

Output

108

大切なことは小声でつぶやく

思想の表現はもっと低い声で語ることを覚えなくてはならない。ことの重要性はそれが発する音響の大きさに比例しない。むしろ、本当に大切なことは小声でつぶやくようにしか言えないものかもしれない。

子供のようにたえず興奮状態で金切声でわめきちらす思想というものが、人々の納得する、心にしみるものになりにくいのは当然である。

『日本語の感覚』

書くために読む

書くためには、まず語から文、文から章節というように文章を書く練習をするのはまずい。書くために読むことが必要である。

これはいろいろなものを読まずに一定のものをくりかえし読むのである。

『日本語の論理』

まず読み手を想定する

はじめからセンテンス（文）をつくることを考えるのではなく、スタイルを身につける読みをする。

そして、自然にどういうことを、どういうふうに、どれくらいの長さで、だれを対象にして書くものかという感覚をもつようにする。

その際とくに大切なことは、相手の人間との関係も忘れないようにし、だれに読まれるのかということをいつもしっかり念頭におくことである。

『日本語の論理』

「ここだけは」の精神をもつ

大切なところだけ、なるべくはっきり、相互の関係に気をつけながら書く。

これが文章のコツであって、その心得があれば名文はともかく、思ったことをどんどん文章で表現できるにちがいない。

『日本語の論理』

文章を考える順序

文章感覚を身につける順序は、まずもっとも大きな規模のパラグラフの感覚からはじめて、センテンスに移り、最後に単語の感覚に移るようにする。

単語は、より大きな文脈の中でなくては意味を決定できないから、単語→文→パラグラフの順序で文章構成を考えて行くのは現実的ではないように思われる。

『日本語の論理』

標準的文体をもつ

普通の相手に自分の考えを伝える実際的文章についてはなるべく早い時期に標準的文体をめいめいにもつ必要がある。

そのためには何度も何度も読んで、暗記しているというような文章がほしい。

できればあまり技巧的でなく、しっかりした観察とか、思想を淡々と記したものがよい。

『日本語の論理』

Output
114

タイトルはひとひねり

内容を正直に伝えるのが同調的ならば、ひねったものが不同調である。芸術的効果をねらうようなときには、まず不同調の表題がつけられるのが普通である。

『日本語の論理』

相手を説得するには

やさしく、礼儀正しく、理性的に反対意見をのべ、相手を説得して、自説を承認させるのは、口さきだけの技術ではなくて、全人間の力量がかかった芸術と言うべきである。

そういう角度からの修辞学がもっと注目されてよいであろう。

『日本語の論理』

「聞」と「見」をあえてずらす

視覚と聴覚の刺激にわずかな時間差があると、それぞれが独立した認識の働きをすることができ、対象がよりよくとらえられ、相乗効果を収めて感動に至る。

『日本語の論理』

考えなくていい文章の氾濫

現代ほどわかりやすい文章が喜ばれている時代はすくないのではなかろうか。ものを書く人は、例を入れて具体的に書くようにと要求される。そうでないと読者が受けつけないのだ、と言われると、筆者は一も二もなく従わざるを得ない。

こうして、いわば表現上のデモクラシーが実現しようとしている。それはそれでけっこうなことだが、何事によらずけっこうずくめということはむずかしいのが世の中である。

『日本語の論理』

毎日、書く

文章料理の上達には、休まないことだ。毎日つくる。つまり毎日書く。そういう連続の中から、その人でなくては出せない味、スタイルがおのずと生まれてくる。毎日書いていれば、ある程度まではうまくなる。それで上達しなければよほど神から見放されているのだとあきらめる。

『ことばの教養』

書いたあとは耳で読む

書き上げた原稿を声に出して読み返してみると、いろいろな不備に気づく。

同じ言葉の繰り返しがうるさいのも、原稿用紙をにらんで書いているときはうっかりしているけれども、音読してみると、すぐわかる。

そして、改めて耳で読む意味の重さを感じる。


『日本の文章』

骨をもった文章を

明快な文章を、というのは、ただ、わかりやすければいいというのとはすこし違う。

戦後ずっと、わかりやすく書けと言われてきたけれども、そのわりに文章は平明にはならなかった。字づらはやさしくても、ふにゃふにゃして、とらえどころのないような文章がふえた。

明快な文章は骨をもっていなくてはならない。筋道が通っている必要がある。つまり、論理的であって、しかも、わかりやすい、それが明快な文章ということになる。

『日本の文章』

清水《せいすい》に魚すまず

濁ったものを澄ませるのは、泥水を清水にするのならともかく、文章においては、さほど難しいことではない。よけいなものを取ってしまって、ぎりぎり言いたいことだけを言えば〝名文〟になる。ところが、文章をそんなふうに裸にしてはみっともない。適当に着物をきせなくてはおもしろくない。澄んだ水をおもしろく濁らせようとなると、これでなかなか骨である。

『日本の文章』

漢文のリズムを取り入れる

短文には漢文のリズムが参考になる。このごろ漢文はうとんじられているが、漢文がすたれてから、日本人の書くものに骨っぽさがなくなったという意見もある。

これと思った漢文を毎日繰り返して読むのが、案外、文章上達のいちばん近道かもしれない。

『日本の文章』

出だしより「終わり」が大事

始めも大事でないことはないが、終わりがことに重要である。まとまった話でもそうだが、短い文などでも文末が大きな役割を果す。さらには語尾が日本語の調子を決定する。おもしろい話は語尾がおもしろいのであるらしい。

そして、語尾のあとに適当な間をおくのが話をおもしろくするコツだという。

『日本語の個性』

話し言葉は読めたものじゃない

話したことがそのまま印刷でき、文章として読める――そんなことは、いやしくも言文一致を建前としている現在、当り前のことである、すこしも驚くには及ばないではないかというようなことを考える人がいたら、それは言葉について苦労したことのない人である。

話したことがそのまま文章になるというのは、すくなくとも、わが国においては、大したことなのである。なかば夢みたいなことである。

『日本語の感覚』

人の話は最後まで聞く

言論を大切にするのだったら、相手の意見を、かりに考えを異にしても、じっと最後まで聞く度量がなくてはならない。自分の勝手なことだけまくし立てて、相手の言うことははじめから聞く耳をもたない。

こういう人間が集まっていては思想の自由はバベルの塔をつくるだけであろう。

『日本語の感覚』

敬語は互いを守るバンパー

話す言葉はメッセージの伝達とは違った役割を負わされている。つまり、この人はどれくらいの心理的距離にあるのかのさぐりを入れるのに使われる。

われわれの社会は古くから人間関係が複雑に発達している。すこしうっかりしているとすぐ衝突する。いつも車間距離に細心の注意をしていないといけないのである。

もし、その距離が危険なほど近いときは、触れ合っても相互に傷つかないようなバンパーを用意しておく必要がある。敬語法はいわばバンパーである。

『日本語の感覚』

詩は目ではなく「心」で読む

短詩型文学は、散文を読むように読んではいけないのである。そもそも「よむ」こと自体が詩となじまぬ。朗唱、朗詠すべきであろう。声にして、音にして、その響きが意識のほの暗い所をゆさぶる。いわば心で読む。舌頭に千転させて、おのずから生じるものを心で受けとめる。

そういうものでなくてはならない。

『俳句的』

感情はそのままあらわさない

たとえ、どんなに悲しくとも、十七音の字面に悲しさが顔を出しては、俳句らしさは死んでしまう。

外形的にはどこにも悲しさや、それに類する言葉の姿が見えないでいて、一見いかにも、花鳥風月に遊んでいるようでありながら、しかも、空間から惻々《そくそく》たる哀愁が迫ってくる、というのが俳句の叙情である。

『俳句的』

不自由で不思議なことば

考えてみるに、ことばほど不思議なものはない。そして、こんな不自由なものはないはずなのに、ほかの手段ではあらわせないことが表現できる。

『俳句的』

豆腐を散らすように表現する

豆腐は積み重ねがきかないが、小さく切って、汁の中などへ「放っ」てやることができる。その散り方に美しさを感じるのは、われわれにそういう感覚がそなわっているからであろう。
心の中に表現したいモティーフが生まれたとき、これを集中的に言葉で攻め固めて行くのではなくて、花鳥風月といった客観の中へ放ってやる。主観を客観に散らす方法である。

『俳句的』

言葉の枝を剪定《せんてい》する

木の枝を伸び放題にしておくと咲く花も咲かなくなってしまう。剪定が行なわれるゆえんである。

切った枝のあとからは若枝がいくつも出てくる。言葉の枝も切るとそこからいくつもの連想の新芽が出る。

それで表現に立体的多元性ともいうべきものが具わるし、表現の生命も強まるのである。

『俳句的』

伝えたければ、多くを語らず

曖昧な表現は多くの言葉を費やして細かく述べたりしないので、お互いが「ツー」といえば「カー」と応じられるような洗練された関係がなければ成立しません。

いちいち噛んで含めるような言葉にしないと理解できない野暮な人間のいる社会では、厳密な論理性が求められます。よそ者とつき合わなければいけない大陸諸国がそうなるのは、自然な成り行きでしょう。

それに引きかえ、以心伝心でわかり合える社会では、あまり事細かな表現は嫌われます。わかりきったことを口にするのは相手の理解力を信じていないように思われて失礼になるのです。

『考えるとはどういうことか』

外国語学習の思わぬメリット

外国語の学習に、外国人と意志の疎通をしたり、思想、文化、芸術の理解、移入をしたりするための手段としての言語能力を得るという実学的目的があることは否定できない。

しかし、他方においては、外国語であるという機能そのものに注目し、それによって、それのみが可能にする新しい思考を行なうこともりっぱな効用になりうる。

『日本語の論理』

第七章

自由自在に生きるコツ

Live my life

人生は長い目で見る

スタートがうまく切れなかったことで悲観することはない。人生はマラソンみたいなもの。いくらスタートがよくても、本当の力がなければ、たちまち遅れる。折り返し地点あたりへ来ると、ようやく実力がものを言うようになる。スタートでレースを占うのは誤っている。

『傷のあるリンゴ』

失敗こそ幸運の女神

試験に落ちて進路変更を余儀なくされたような人が、悪戦苦闘、傷だらけになって走る人生マラソンのゴールはおどろくほど見事である。失敗は幸運の女神の化身であると考える人がすくないのは不思議である。傷のあった方がうまいのはリンゴにかぎらない。

われわれは不幸、失敗の足りないことをこそおそれるべきである。傷ついてうまくなったリンゴの教訓は貴重である。

『傷のあるリンゴ』

ゆっくり急ぐ

仕事、仕事といって、ぶっつづけに仕事ばかりをするのではない。そうかといって、だらだら、遊んでいるのは、もっといけない。両者をうまくかみ合わせる。リズムが生じる。それがいい生き方になる。

〝ゆっくり〟を弱、〝急ぐ〟を強とすると、ゆっくり急げば弱強のリズムになる。

『老いの整理学』

苦しい経験が判断力を育む

判断力は、苦難や危険などのマイナスの経験を積むことで鍛えられます。生きるか死ぬかの瀬戸際に立たされれば、誰でも必死で次にはどうすべきかを考えるでしょう。

逆に、安心・安全な環境で生活をしていれば、判断に頭を使いません。

『考えるとはどういうことか』

風のように本を読む

読書百遍などと、同じ本を何度も読み返すのは、すすめるが、あまり得策ではない。

人生は短い。さほどでない本を何回も読む時間がない。

〝風のように読めば、たくさんの本を見ることができる〟。そのどこかに、自分のもっている波長とあうものがひそんでいるかもしれない。

風のように、さらりと読んでいても、自分の波長にあったメッセージに出会えば、〝共鳴〟という発見がある。

そういう読書によって、人間は変身、進化する。

『老いの整理学』

読書は変身につながる

われわれは何か思い屈すると本を読む。世の中がおもしろくてしかたがないようなときには、読書らしい読書をすることはすくない。活字を読むという営みには、読者にとっても、自己に新しいマスクをかけることになるのであろう。変身である。

『日本語の感覚』

浮世離れのススメ

古風を好む人間からすると、自我などというものはどうもウサン臭いものに思われる。

俺が俺がという俺などは個性としても上々のものではなさそうである。自分を抑えに抑えてしかもおのずから光を放たずにはおかぬのが、本ものではあるまいか。そんなことを考える。

俗な言い方をするなら、もっと浮世離れた方が浮世への影響力も高まるということだ。


『俳句的』

141

自慢したい気持ちはためておく

ゴシップのようなものを言い広めるのは、はしたないことだと、たいていの人が承知している。

ところが、自分の手柄話はあまりにも語って楽しいから、つい甘くなって、相手構わず、吹聴《ふいちょう》して、思わぬ損をしている。

自慢したいと思うエネルギーを密閉すれば、おのずから精神力は充実、高揚して新しいことに立ち向かう活力を生む。そういう心のメカニズムに目を向けると世の中がすこしかわって見える。

『傷のあるリンゴ』

似たもの同士だらけにしない

似たものは似たものに影響を与えることはできない。至近距離にあるもの同士はつよい力を与え合うことが難しい。十メートル離れたところから投げられた石は人を倒すが、目の前から投げられた石はコブをつくるくらいが関の山である。

『日本語の感覚』

143

タコツボを出て雑魚《ざこ》と交わる

タコツボは居心地がいい。やがてツボの中が宇宙のように思われ、たわいもない些事が大問題のように思われ出して、頭はどんどん退化する。象牙の塔などではない、タコツボを出て、雑魚との交わりを大切にしないといけない。たいていの秀才はそうは考えなくて、我が身を誤るのである。

『朝採りの思考』

知識に経験というタネを加える

創造的な思考とは、無から有を生み出すものではなく、新しいものを考え出すには、何らかのタネが必要です。

もちろん知識もタネにはなりますが、これは多くの人々が共有しているので、それだけでは独創的なアイデアにはなりません。

そこに自分ならではの経験というタネを加えることで、オリジナルな化合物としての思考が生まれます。

『考えるとはどういうことか』

自分のスタイルをつくる

没個性的な制服を脱いで、めいめい自分の好みの着物を着たいものである。

不用意に着ているものを脱げば風邪をひくかもしれないが、それがこわくてはいつまでも出来合いの借物をやめることはできない。思い切って一度、裸の思想に立ち還る。そしてそれがいかに貧しいものであるかを直視した上で、体に合ったスタイルというドレスをこしらえて行くようにするほかないのである。

『日本語の感覚』

借物では長く続かない

個人の問題を離れても、われわれの社会には、真に老いるのではなく、いたずらに老い急ぎ、荒涼たる晩年を迎えるパターンがあまりにもはっきりしている。

学者も思想家も芸術家も、若いときは颯爽《さっそう》としているが、中年の関所がなかなかうまく越えられない。

借物をすてて独自の境地を拓くことが困難なのである。

『日本語の感覚』

147

個性は勝手ににじみ出る

現代は個性の時代であるが、現代詩人は生硬な主観を露出することに極度に神経質でなければならないはずだ。

真に個性的であるためには、個性を小出しにしたりしないことである。ポアンティイスム（点描画法）の点と点の間に自己を韜晦《とうかい》させるところにおいてのみ詩人は自己を詠《うた》い上げることができる。

『俳句的』

148

使いなれた言葉から抜け出す

思考に役立つのは、かえって旧式な方法で学習された外国語である。文法と辞書を武器に攻める外国語ではニュアンスはとらえられず、どうしても観念的になる。語感に欠けるところがあるが、情緒でべとべとしていないためにBタイプ思考（考える）の媒体としてむしろ有効なのである。母国語で哲学的思索をすすめるには知的言語のシステムを新しく創り出したり、日常言語圏から脱出しなければならない。

『日本語の論理』

我慢がもつ大きな効用

喜怒哀楽の感情を抑えるのは一様に難しいが、喜楽を抑えるよりも怒哀を抑止する方がずっと強い自制心を要する。それだけに、悲しみ、苦痛をじっとこらえ我慢するのは自己鍛錬である。

そういう感情をじっと内に秘めていれば心中の内圧はおのずから高まり、ここぞというときに爆発的に働いて困難を乗り越えることができる。

『傷のあるリンゴ』

150

足もとに根のある花を咲かせる

連続のないところ、持続のないところに伝統と慣習の生ずるわけがなく、伝統と慣習がなくただ変動するのみという社会では自由になる自由にさえ恵まれない。新しい状況に適応するだけで精いっぱいである。人間の精神は真に自由になったときにのみ、広い意味でのスタイルを獲得することができる。

それには新思想にとり残される恐怖心から脱却する勇気をもたなくてはならない。よしんばよその花が美しいものであっても、それを切り取ってくることだけを考えないで、小さくてもよいから足もとに根のある花を咲かせることを考えるべきである。

『日本語の感覚』

出典一覧

『日本語の論理』中公文庫
『ことばの教養』中公文庫
『日本語の個性』中公新書
『日本語の感覚』中央公論新社
『日本の文章』講談社学術文庫
『読書の方法』講談社現代新書
『朝採りの思考』講談社
『老いの整理学』扶桑社新書
『人間的』芸術新聞社
『忘却の整理学』筑摩書房
『日本の英語、英文学』研究社

『考えるとはどういうことか』集英社インターナショナル
『傷のあるリンゴ』東京書籍
『思考力』さくら舎
『「マコトよりウソ」の法則』さくら舎
『第四人称』みすず書房
『俳句的』みすず書房
『ちょっとした勉強のコツ』ＰＨＰ文庫

※本書を編集するにあたり、引用文の一部を編集・再構成いたしました。

著者紹介

外山滋比古（とやま　しげひこ）
1923年、愛知県生まれ。東京文理科大学英文科卒。お茶の水女子大学名誉教授、文学博士、評論家、エッセイスト。
雑誌『英語青年』編集、東京教育大学助教授、お茶の水女子大学教授、昭和女子大学教授を歴任。専門の英文学のみならず、思考、日本語論などさまざまな分野で創造的な仕事を続け、その存在は、「知の巨人」と称される。2020年7月逝去。
主な著作に『思考の整理学』（ちくま文庫）、『乱読のセレンディピティ』（扶桑社文庫）、『50代から始める知的生活術』（だいわ文庫）、『こうやって、考える』『ものの見方、考え方』（以上、PHP文庫）、『消えるコトバ・消えないコトバ』（PHP研究所）など。

本書は、2019年8月にPHP研究所から発刊された作品を文庫化したものです。

PHP文庫　やわらかく、考える。

2022年7月11日　第1版第1刷
2023年5月22日　第1版第6刷

著　者　外山滋比古
発行者　永田貴之
発行所　株式会社ＰＨＰ研究所
東京本部　〒135-8137 江東区豊洲5-6-52
ビジネス・教養出版部　☎03-3520-9617(編集)
普及部　☎03-3520-9630(販売)
京都本部　〒601-8411 京都市南区西九条北ノ内町11
PHP INTERFACE　https://www.php.co.jp/

組　版　有限会社エヴリ・シンク
印刷所　図書印刷株式会社
製本所

©Midori Toyama 2022 Printed in Japan
ISBN978-4-569-90209-8
※本書の無断複製(コピー・スキャン・デジタル化等)は著作権法で認められた場合を除き、禁じられています。また、本書を代行業者等に依頼してスキャンやデジタル化することは、いかなる場合でも認められておりません。
※落丁・乱丁本の場合は弊社制作管理部(☎03-3520-9626)へご連絡下さい。送料弊社負担にてお取り替えいたします。

PHP文庫

こうやって、考える。

外山滋比古 著

「無意識を使いこなす」「愛読書は作らない」など、過去の膨大な著作から発想力を鍛えるためのヒントを集めた箴言集、待望の文庫化！